Dites Cheese!

RECARD / ELIMINÉ

par Christine Ricci
illustré par Steven Savitsky

PRESSES AVENTURE

Paru sous le titre original : *"Say Cheese!"*

Publié par **PRESSES AVENTURE**, une division de
LES PUBLICATIONS MODUS VIVENDI INC.
55, rue Jean-Talon Ouest , 2ᵉ étage
Montréal (Québec)
Canada   H2R   2W8

Dépot légal - Bibliothèque et Archives nationales du Québec, 2006
Dépot légal - Bibliothèque et Archives Canada, 2006

Traduit de l'anglais par : Catherine Girard-Audet

ISBN 978-2-89543-553-2

Nous reconnaissons l'aide financière du gouvernement du Canada par l'entremise du Programme d'aide au développement de l'industrie de l'édition (PADIÉ) pour nos activités d'édition.

Gouvernement du Québec — Programme de crédit d'impôt pour l'édition de livres — Gestion SODEC

Salut ! Je suis . Mon ami
DORA
est malade aujourd'hui.
BABOUCHE
Comment pouvons-nous le
divertir ?

Je sais ! Nous pouvons visiter  BABOUCHE dans sa CABANE. Et nous pouvons utiliser ma CAMERA pour prendre des photos d'objets que BABOUCHE aime bien.

aimerait avoir une

BABOUCHE

photo de et de .

SAC À DOS   CARTE

Dites "  !"

CHEESE

Nous sommes à la Montagne . La Montagne ⭐ est remplie d' ⭐⭐⭐.

ÉTOILÉE ⭐ ÉTOILÉE

🐵 adore

ÉTOILES ⭐⭐ BABOUCHE

jouer avec les ⭐⭐⭐ !

ÉTOILES

Regarde ! Voici  .  possède toutes sortes . Dites " !"

L'ÉTOILE OUTILLEUSE

L'ÉTOILE OUTILLEUSE

D'OUTILS

CHEESE

Voici un jardin de fruits. Quel est le fruit préféré de  **BABOUCHE** ? C'est exact, **BABOUCHE** aime les **BANANES** !

Qui d'autre aime les  ?
BANANES

L' !
OISEAU

Dites " !"
CHEESE

BABOUCHE aime aussi les choses marrantes.

Les  **CROCODILES** font de drôles de grimaces.

Ha ! ha ! ha ! Souriez,
les  ! Dites " !"

CROCODILES   CHEESE

Vois-tu d'autres

choses marrantes ?

a préparé un

VÉRA

GÂTEAU

pour .

BABOUCHE

Miam !

a fait une 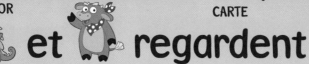 pour .

TOTOR CARTE BABOUCHE

 et regardent

VÉRA TOTOR

la .

CAMÉRA

Dites " !"

CHEESE

aime se balancer

BABOUCHE

dans la .

JUNGLE

 aime lui aussi se

DIEGO

balancer dans la !

JUNGLE

 aime jouer dans

BÉBÉ JAGUAR

les .

FLEURS

Dites "  !"

CHEESE

Voici un chariot de .

CRÈME GLACÉE

 aime la !

BABOUCHE

CRÈME GLACÉE

Dites " !"

CHEESE

Oh, oh. Vois-tu quelqu'un derrière le chariot de ?

CRÈME GLACÉE

C'est !
CHIPEUR

 veut chiper
CHIPEUR

notre .
CAMERA

Nous devons arrêter .

Dis « ,

arrête de chiper ! »

Hourra ! Nous avons arrêté  !

CHIPEUR

Hé, voici  !

TICO

TICO va nous transporter à la CABANE de BABOUCHE à bord de sa VOITURE. Dites "CHEESE !"

Hourra ! Nous sommes arrivés à la  de  .
Et  aime toutes les photos !

Nous avons diverti  .
Merci de nous avoir
aidés !

BABOUCHE

Oh ! Je dois prendre **1**
UNE

dernière photo.

 veut une photo de toi !
BABOUCHE

Dis "  !"
CHEESE